鮒叢書第九六篇

歌集

風の道

橋本廣秋

現代短歌社

序歌

島崎榮一

二冊目の歌集原稿重き歌あれば眼をみひらきて見つ

日常の寂しき思ひみづからの内に呑みこむお子と生きつつ

人間の生きる姿勢にふれながら断定批評ひとたびもなし

肌に沁み骨身に沁みてふく風の寒さにたへる歌とも思ひ

足柄の旅、　梨狩りの日帰りの朝早き旅ともにあそびつ

山風にしぶき吹かるる瀧一つ雄々しけれども騒がしからず

一日のかがやきとして足柄の夕日の瀧のしぶき浴みたり

やりばなき思ひを鎮めしづめして大きこころを君は掴みし

目次

序歌　島崎榮一
風の道　一一
御母衣湖　一四
白秋の道　一九
紀伊一周　二三
職の世界　二六
月下美人　三〇
出羽の旅　三四
最上川　四〇

闇に生きる人　四四
夏富士　四八
一周忌　五三
箱根と大瀬崎　五八
転倒　六三
北上川　七〇
東日本大地震　七四
処女講演　七九
ふきわれ　八四
光にまみゆ　八九
嬉し泣き　九四
点の道　九八
師走　一〇三

帯状疱疹　一〇八
讃岐風の道　一一三
真夏の湘南　一一九
金環蝕　一二四
検診の風　一二八
癌手術　一三三
古傷騒ぐ　一三七
庭園　一四一
峠の一年　一四五
ふるさと　一四九
肺炎手遅れ　一五三
膿胸大手術す　一五五
信濃路　一五九

化学工場　一六三
筑波嶺　一六八
三保の松原　一七五
老い徒然に　一八〇
三回忌　一八四
落花春愁　一九一
颱　風　一九五
深き哀しみ　一九八
夜夜に顕つ妻　二〇四
木曾路にて　二〇八
石狩湾　二一〇

あとがき　二一三

風の道

風の道

障りある子らを残して妻逝けど笑顔絶やさずをわが家訓とす

子とともに肩寄せ捜す幸せよこれも定めか沈痛の旅

磨けども息のくもりに消されゆく鏡台に写るわが妻の顔

看護する生活《たつき》の中に楽しみの夢見るわれに春の日はあり

老いてなほ心の拠所《よりど》求め得ず吹かれる儘に風の道生く

子ら看護する生活に眼を逸らし儘に生きむと思ふ日のあり

若きより傷つき通る風の道真面目がゆゑに躓きもあり

空をとぶ鳥の行方は知らねども吹かれる儘に風の道ゆく

御母衣湖

梅雨晴れに見る富士山は白衣脱ぎ柔肌の妻思ひてゐたり

浜名湖の向かひに見ゆる観覧車家族で乗りし日の甦る

老桜の寿命の重み伝はり来われの体をはしる戦慄

大仏の地獄巡りに神曲の地獄篇をば思ひてゐたり

梅雨空のもとにかがやく瑞龍寺の鉛瓦は燻し銀に映え

鳳凰や蓮花を刻む井波町を病む妻の安否思ひつつ来ぬ

瑞泉寺は井波彫刻の粋集ふわれも明日は仏像彫りたし

山門を火事から守りし松一樹龍と変はりて水吹きしとぞ

訪ねきてわれ立ち居れば奈呉のうみ荒れる波間に光を見たり

雨晴《あまはらし》の白砂を踏めばふるさとの塩屋岬の砂の音する

義経が山伏姿に身をやつし雨の晴るるを待ちたる岩屋

勝興寺の二本の巨木の公孫樹ありわが歌に似て珠実結ばず

二上の山より見ゆる小矢部川草書のごとく平野蛇行す

高岡の古城公園ゆく道に薄紅の合歓四五本咲けり

白秋の道

「待ちぼうけ」の歌碑の前にて友を待つ縁の想ひ手繰り寄せつつ

柿の実の朱さ加減が目に映る一本の木のひかりと蔭に

妻逝きて縋る術なき障り子と看護のわれに揺り籠はなし

枳殻の枝はどこまでとげ纏ふわが半生のごとき青棘

われにある青く渦巻く魔の部分枳殻の棘にさされてみたし

枳殻は畑の垣よ病み人とわれを隔つる鍵のごとくに

枳殻は蜜柑に交じれどそれなりの小さき金の実輝かせをり

金色の枳殻の実を手に採れば匂ひは心の中に沁み入る

平成の世まで変らぬ枳殻のこの道にわれは憂ひを癒す

紀伊一周

正月を祝へぬ家の寂しさの家族旅行は紀伊一周す

熱田から船で桑名に行きし日よ今は車で海を走り来

高速を降りゆく先の村の灯に安らぐ束の間また闇の中

岩肌にしがみ付きたる松の木の曲がる姿は己を誇示す

那智山の落ち来る滝は雪のなか己の色は白に紛れず

那智の滝に誘はれ雪を踏み来れば青岸渡寺にわが足の跡

橋杭の砂浜ふめば足元に湿り漂ふ強き磯の香

たふさぎを一つ身につけ鯨追ふ海の男は命かけたり

潮ノ岬東南東の風強しわれはしつかり帽子を摑む

白浜の師走の宿に枝繁り群れて花咲くブーゲンビリア

寒き日の熊野古道の杉並木妻憶ひつつゆくは寂しき

寄せて来る波荒れ荒れて熊野灘風の冷たし心はとくに

職の世界

心病む人らを看護する職の日日は故郷のごとく懐かし

屁理屈を思ふが儘に述べたててこれが妄想と患者言ひたり

病み人とわれの隔たり悲劇とも思ひ付き合ふ喜劇になるまで

正月の遊びは百人一首なり読み札取り札吾と病み人

入浴の介助で風邪の再発し老いの限界ひそかに悟る

つづけざまに咳出る夜は魂の空にとぶかと慄きてゐつ

苦しくて胸重ければ心なほ奮ひたたせむ鬱ふせぐため

ぐつすりと秋の夜長を寝た朝はもろ手をあげて深呼吸する

学校のプールに映る空深し鳶の一羽が飲みこまれゆく

色青きプールの水は空写し鳥も泳がす深き碧に
喘息で苦しむわれに遠き人の煙草の匂ひ運ぶ風あり

月下美人

けふこそは意識戻れと妻呼べど帰りに心ぼろぼろとなる

意識なき妻を見舞へば月影にわれの心の弱さ浮き出す

純白の月下美人に妻偲ぶ真夜の一瞬一生のごとく

電話鳴り妻の危篤を告ぐるころ月下美人咲く門を急ぎぬ

意識なき妻は危篤になりにけりわが急ぐ道ひぐらし鳴きぬ

影になりわれを支へし妻なれば共に歩みし歌を贈りぬ

若き日の妻の匂ひのごとくして月下美人に酔ふ真夜のわれ

羽衣のごとき巻雲空に流れもしやと妻の面影捜す

妻逝きて四十九日の青空の流るる雲に面影を追ふ

三十路子が風船ひとつ欲しがりて母に手紙を届けむとせり

小動《こゆるぎ》の寄せ来る波にリズムあり妻の鼓動のごとくに聞こゆ

出羽の旅

羽黒山の天然記念物杉並木家族のごとく寄り添ひてをり

祓川にかかる神橋は木木の間に心も清し朱のあざやか

羽黒山の五重塔は将門とかかはりあるか古きものらし

鏡池にこころの妻の面影を写して見たく覗いてゐたり

湯殿山赤磐肌を踏みゆけば足湯と思へりふる雨の中

湯殿山傾りに光る残雪に稲妻走るとどろきながら

罪多きわが身代りに雷の雨流るる雛は柵にかかりぬ

鳥追ひの空鉄砲の音高しわが夢やぶる宿のあかつき

亡き妻へと歌友がくれし絵蠟燭あやめの花に優しさのあり

濃緑に木天蓼の葉の白くしてまた旅ゆかむ出羽の山はら

最上川流るる水の絶え間なく酒田の海に吸ひ込まれゆく

流れ着き海に交はる川の水脈行方は知らぬ波にのまれて

わが心弱さ繕ふ嘘の数つけば付くほど脆くなりゆく

迷ひつつ出羽大橋を渡り来て土門拳記念館に着きたり

最上川

耳に入る雪解け水のせせらぎも最上の川に吸ひ込まれゆく

ひと山を越えれば父の郷なりき川の岸辺の藤蔓長し

大川を流るる水脈はどこからが過去か未来かわれには見えず

淵をゆく川の流れの白波よ水の上にも風の道あり

鰓くろく動くもみえて暑き日の鯉が群れをり橋の下の淵

舟頭の舟歌のせて最上川くだりゆくとき夕べとなりぬ

石段を上る途中に学童の柔らかきこゑに若さを貰ふ

きざはしを汗拭きながら登るわれ浄土はどこか緑が隠す

最上川ほとりの闇にわが妻は蛍となりて足に纏ひ来

象潟の雨にけぶれば歌枕いにしへ伝ふしなのやの宿

しなのやの宿の女将の優しさよ話はづます一人の客に

象潟の蚶《きさ》とは貝の名なるべし蚶満寺の名に由来を残す

亡き妻へ旅の土産の黄金の香は白檀のかをりを放つ

闇に生きる人

病棟に足踏み込めば一切の雑念を捨て笑顔装ふ

妄想と事実の区別つかぬまま安易に答へるときの危ふさ

病み人の話聞くわれ妄想の箍をいつしか嵌められてゐつ

病み人の言動に振り回されて狼狽へるわれ心弱きか

寝ずに動く人に付き添ひ見守れば明けの鳥の啼くにほつとす

夜の更けの見回り辛し月かげは心の裡の弱さを照らす

病み人の暗き言葉はわがむねに針刺すごとく疼くときあり

死にたいと言ふ病み人に真向ひて笑顔装ひ話をそらす

冬の朝悴む指に息吹きて人の手首の脈をとるわれ

歯軋りと鼾寝言が交差して巡視のわれの眠気をただす

騒騒しい病棟なれどベランダの溝に卵を鳩抱へをり

夏富士

一条の残雪の襞日にひかり富士山腹に白雲の見ゆ

たちまちに雲湧き立ちていただきに雪の残れる富士を隠せり

富士が嶺に群がる雲は渦を巻く気流の動きに逆らはずして

梅の実を筵に干せり夏の日の足柄峠にうぐひすの啼く

足柄と富士の狭間に盆地ありひろき稲田に風走る見ゆ

峠より見る御殿場は箱庭のごとくみどりの稲田そよげり

足柄の城址に咲けるあぢさゐの花濃紫夏日を浴びて

小田原の郵便局の多羅葉に佐渡の旅路の寺を思ひぬ

父の通夜線香焚きし十三の悲しみ今に生きる忍耐

小田原を二つに分ける川のあり東は梅里にし城下町

巣より落ち羽を纏はぬ雀の子乳欲しかろとミルクわけゐし

一周忌

子供らに五月五日は奉仕せむ稀の休みの一日を充たす

対岸はビルの林がつづく島このお台場も夢の浮き島

スタジオを回れば二人の子は燥ぎ見守るわれも一時の幸

行き来する船は見えねど青き水真夏のやうな日を照り返す

背戸蔭の日増しに染まる柿の葉に紅引く妻を想ひてゐたり

葉はなくもわが胸中の曼珠沙華血潮のごとくすつくりと立つ

寂しくて生きる寒さに泣く夜は子らの寝顔をしみじみと見し

柚子の実を握れば匂ふたなごころ妻甦る寒き冬の日

若き日に妻と植ゑたる柚子の木は今年沢山実を結びたり

寒風はわが顔撫でて吹き運ぶ妻の匂ひのごとき白梅

わが妻の使ひてをりし櫛の歯に絡む一筋の春の日強き

折節の弱さ消さむと鏡台を拭けばこころのいよよ萎へたり

新盆に妻を迎へる麻幹火の赫き炎をしばらく見たり

妻逝きて整理せぬままあたふたと時過ぎゆきぬけふ一周忌

箱根と大瀬崎

夏の日の赤潮消えて風涼し西浦の海すきとほり見ゆ

大瀬崎浜辺は寂し家族して泳ぎに来たる杳き夏の日

大瀬崎海水浴の賑はひも消えダイバーの若者あふる

大瀬崎浜に群がるダイバーのゴムのスーツに肉体張る

大瀬崎神社の池に近づけば足音聞きて鯉の寄り来る

神池の鯉の大きさに驚きぬメタボのわれは餌を与へず

神池の葦は海風受けて立つ戦旗のごとく片葉はためく

大瀬崎湾を隔つるごとくして東凪にて西は荒波

人見えず異国の景と思ふまで青く澄みゐるその海の色

霧雨にひとときは広き朴の葉の落ち来るさまをわれは見てゐつ

姫沙羅の幹肌赤くつやめきてその白花はひとの匂ひす

姫沙羅は箱根の山のをとめなる花や幹にもたをやかさあり

姫沙羅に雨降り来れば二、三筋涙のごとく幹をつたはる

転　倒

喪の明けて正月飾りに力みたりわれ転倒し頭強打す

強打ゆゑ脳出血と医師は告ぐ激しい頭痛に慄きてゐつ

三日後に出血止まり五分粥をすすりて生の実感のあり

どこからか闇に聞こゆる鈍き音われはをののく激痛のなか

座位臥位に眩暈強く起きたれば童のごとくナースの指示受く

眩暈と頭痛をおそれ病院で満七十の歳むかへたり

眩暈と頭痛しびれに歯も欠けてもはやこの身の置き所なし

病室の電灯ひかる明かりさへ　われの頭痛を刺激するなり

この命泥舟にゐる心地して沈み逝くのか黄泉の世界へ

電灯をみな消したいと思ふまで光は強く頭痛刺激す

点滴のスタンドわれの杖がはり体支へて足を運びつ

五週間の入院生活ピリオドし家に帰りて部屋を掃除す

苦き酒沁み渡り来る胸裡を隠す笑顔の強張りを知る

利器揃ふ文明の世を生きる子に哀れ募らす障害あれば

幸うすき二人の子の掌みつめればわれと同じき線の重なる

われと子に吹く年の瀬の風の道ひたすら歩む希望繋げて

またの職子に授かるを祈りつつ気長に待つを教へてゐたり

リストラの子の再職を願ひつつ教へて書かす履歴書ひとつ

けふもまた救急車の音響き来て運ばれし日を甦らしむ

巡回のわが目に見えて黄金の鎌のごとくに冬の月あり

北上川

城址の落葉を踏めば音のしてわれの頭になほ降り頻る

北国の紅葉はさかり歩み来てこころ奪はるわれは七十代

花巻の宿の部屋にて伸びのびとわれは人の倍歌を詠みたし

花巻の温泉宿の文机に向かへばいよよ歌ごころ出づ

宿めぐり夜に歩めば「寿」の湯口権利の小さき碑のあり

遠く来てチャグチャグ馬子の鈴の音を北上川のせせらぎに聞く

強風に葉叢そよがせ響動み泣く竹は撓りて己を護る

筍を購ひ求め妻と来し久野の山路も杳き日の夢

工事場に組みて使ひし竹足場いまは東南アジアで見るのみ

亡き妻へ家苞に買ふ旅毎の線香を積む仏壇の前

暑き日の妻の命日しみじみと一人ともしぬ蠟燭の火を

東日本大地震

盛り上がり海押し寄せて家倒し車呑み込む津波の映像

流れ来し家が家へとぶつかりて津波の勢ひ渦巻き寄する

家家が木端のごとく毀されて流るる様を呆然と見し

地獄絵のごとき津波は渦を巻き木端微塵の家は浮草

大津波何の報いか戒めか黒く渦巻き人家呑み込む

ふるさとは地震津波に追ひ討ちの原発避難に慄きまどふ

地震後に連絡取れぬ友人と漸く無事を喜び合へり

黒煙の不気味に思ふ原発の道を隔ててふるさと行けず

原発の放射能影響とほくまで飲み水汚染その果て知らず

文明と欲望の果て眼に見えぬふるさと覆ふ原発の灰

住みたくはないと思へど故郷に戻りて暮らす希望は捨てず

放射能ふくむ風街に吹きわたり草も木立もみどり萌え満つ

故郷へ帰りて暮らす楽しみを余生短きわれより奪ふ

吹く風にのりて飛び散る放射能牛乳野菜水も汚染す

処女講演

閼伽棚に桜を飾らむ灌仏会子供にかへりて甘茶そそげり

姥桜白く褪せても爛漫と咲けばわづかの酒に酔ひたり

はなびらの一片椀に入りたり幸せのごとく喉に呑みほす

幾重にも桜の花の重なりて見あげるわれを呑みこまむとす

妻のごとわれにもの言ふ桜木よ花を纏へばさらに愛しき

もう少し体労り働くを願ひ朝日に手を合はせをり

子の笑みに力を貰ふ喜びを噛みしめ生きむ明日に向かひて

緑なす杉は甍を包めどもいま咲く桜に心まどはす

試練とはことなるものの一つにて講演依頼われにまひ込む

エッセイを基に作りし講演の資料に若き日の甦る

講演でわが半生の生きざまをさらし話せば服脱ぐごとし

終へるまで体の震へ緊張を体験したり処女講演に

ともかくも講演終りほつとして拍手の中にわれ立ちつくす

生きてゐる実感抱く昨日けふ心安らぐ歌われにあり

ふきわれ

寒き日に不器用ながら吾子ふたり夕餉の膳に笑ひを交はす

五時前に貨物が通る震度3起床促す目覚まし時計

鶴嘴で枕木の砂利うつ人の伸びやかな歌今は聞かれず

鶴嘴を振るふ男の姿なく腰の手拭昭和は杳し

雪つもる片品川の岸に添ふ道を登りて滝を見にゆく

崖肌にしがみ付きたる松一樹風雪に耐へて緑をたもつ

甌穴は水の蒼さを強くしてその渦早し深さ知らねど

甌穴のある川床の水清し吹割の滝に吸ひ込まれゆく

吹割に注げる水に手を挿せば冷たき水脈に生の実感

鱒飛びの滝は浮島吹割の子供のごとく川下にあり

ゆづりはに風強ければ白白と葉裏にひとの憂ひありしか

筆とりて心現す文字ひとつ乱れそめしを文鎮おさへる

わが人生明かりの見えぬ暗き道に老いの輝き逆に照らさむ

角藤に来たる著名の人の数あまたの名前書き連ねあり

光にまみゆ

関が原越えれば霧の海のなか山並み嶋のごとく浮き立つ

観音の後光のごとく昇る陽に両手を合はせ光にまみゆ

移りゆく日の出に変はる空の色神秘とぞ思ふ湖に映して

淡海の海なきゆく千鳥渡らねど凪の小波わが眼には見ゆ

みづうみを守るがごとき街の灯に夜の帳はいよいよ暗し

昇る日は棚引く雲の間より湖面に光る放射となりて

義仲寺へ芭蕉の墓を詣でむとバスを仕立ててわれら来にけり

黄金の実をば守れる枳殻の濃みどりの枝棘のするどさ

池にそそぐ溝の流れに鯉二匹夫婦のごとく寄り添ひてゐし

恋心失せたる一人近づけば数多の鯉のわれに寄り来る

多宝塔の囲む櫓を登り来て匠の技を間近に見たり

修復の屋根を削れる人の手のリズム違へず一心不乱

匂ひ袋あげたき人のなきゆゑにわれは土産の線香を買ふ

石山の蔭に水車の廻りをり水ゆたかにて青く苔生す

水時計見むと渡りし石橋に石臼あれば踏むをためらふ

日時計の時を知らせる目盛盤に夜の時間を捜してゐたり

嬉し泣き

髭剃りをすれば童のごとくなりわれにされるが儘の病み人

病み人の歌ふをきけば哀愁の調べを乗せて闇に聞こゆる

生活の指導と言ひて押し付ける規則は人を傷つけるのみ

老い人を背負ひ歩めば咽びをり嬉し泣きなり白衣濡らさる

強烈な香水の女とすれ違ふ胸突く匂ひわれを悩ます

病棟を隔てし家の夾竹桃咲いて真夏の風を送り来

病み人の逝きたる朝の糸杉に涙のごとく冬の雨降る

病棟の庭に実れる桜桃に小鳥むらがり朱の色隠す

壁割れて小人あらはれ布団剝ぐ真剣にはなす老人哀し

病む人へ嚥下観ながら一匙の食事介助も生業のうち

トランプに興じる人の顔の笑み病のあれど邪気は見えなく

点の道

盲人とこころひらきて語りあひ点字教はり喜びとせむ

障害のある人達に少しでも役に立ちたし点字覚えて

眼の見えぬ人を間近にまもり来て点字を学ぶわれ七十代

眼の見えぬ人を看護し雑談し習ふ点字は絆となりぬ

一つづつ点を離して打ちてゆく繋ぐ言葉に心通はす

点字盤迷ひながらもわれは打つ点あつまれば灯火のごと

齢積み点をならべる楽しみをわが残生のよろこびとせむ

見えぬ眼に山や小川の杳き日の無邪気に遊ぶ夢を見るらし

老いてなほ心の炎燃やしつつ習ふ点字はわれの灯火

挨拶のこゑ高ければ一日のこころ明るく仕事に励む

病み人は箱根走りし杳き日を実況のごとくわれに語れり

かくいふは誇張と知れどわが流す涙の色に紅葉もえたつ

病み人を看護し来たる半世紀わが人生を癒す道なり

師　走

仙石の薄が原に狐色の波ただよひて風吹き渡る

愚痴言へば言葉もつれて暮の風妻なき冬を三度迎へつ

朝朝に鏡を磨くけふもまた憂ひの顔に鏡台くもる

わが裡の憂ひは募る打ち明ける人もなくただ悶えて過ぎ来

わが胸に来りて留まるかなしみは誰に語らむ冬の音聞く

歳の瀬に墓詣づれば夕風の中にも梅の莟ふくらむ

創作に繋ぐ心へ灯火と明日に少しの勇気を持たむ

月一度疲れしこころ癒したくわれは浦和の歌会に出向く

滅茶苦茶に心喪失したときも探ればわれの詠む歌のあり

フロントに降り付く雨の小さき粒点字のやうに思ふときあり

行き詰まるやうな毎日送れども笑顔つくれば幸せ気分

老いてなほ生きる希望ありコスモスの広き畑に咲けるを見れば

地球から離れて暮らす飛行士のかくも小さきカプセルのなか

ふと見れば銀糸に乗れる蜘蛛のあり風に飛ばされ朝日を浴びて

帯状疱疹

激痛は集中すれば消えるかと軽く高括る悪い癖あり

首筋と側頭へ走る激痛の朝よりつづく我慢の限界

五日過ぎ額に湿疹あか赤と痛みを増せば皮膚科に急ぐ

一回の薬を飲みて安心す気持ちは痛み半減したり

寒暖の差の激しさに薄着して心の隙に風邪の忍び来

三昼夜咳止まらずに戦けりわが半生の苦しみに似て

続く夜勤疲れ身に沁む七十代家事と看護に病しのび来

喀痰に血の混じりたれば慄きて勤めを休み急ぐ診察

体熱も下がりてけふは子と共に回転寿司屋に食べにゆきたり

梅まつりその日来れど厳寒に小田原曽我の梅は開かず

憂鬱に墓詣でれば白梅の蕾ふくらむ東風の吹くなか

やうやくに紅梅咲けど眠るごと白き蕾はまだ夢の中

二十日遅れ曽我の梅林しろがねの雲のごとくに棚引きて咲く

鉢植ゑの梅のほころび香りたち胸ときめかせ梅林へゆく

讃岐風の道

さすらひて妻の香のする夏の夜の胸の寂しさ消さむと思ふ

梅雨明けに伊勢湾岸の空高く入道雲立つ観音のごと

妻と来し讃岐の浜に佇めば潮の香りが眼に沁みるなり

巡礼に何か言はむところゐ呑みし妻のこころは知る術もなし

俤を忘れむとして旅すれど背から聞こゆる亡き妻のこゑ

朝早く讃岐の浜に佇めば波音は妻のこゑとなりゆく

紺青の潮おきわたす瀬戸の波もの言ひたげに寄せては返す

屋島寺を巡る道沿ひあかき旗うつくし源平戦記の壁画

五色台の坂七曲り外灯はソーラーパネルそれぞれにもつ

宿の丘に姿見えねど杜鵑啼けば虫麻呂の歌口遊む

湾内に明日の積荷を待つ船の黒く動かず夕闇の中

御陵には杉に混じりて多羅葉の一樹あり夏の若葉しげりて

暑き日の青菜畑は朝よりスプリンクラーしぶきを飛ばす

仮御所へ農道行けば食べごろの朱色のとまと猛暑の畑に

都から旅し来たりて里人に慕はれしとぞ聞きて安堵す

盌塚を巡る畑中寂しげに南瓜が一つ黄花をさかす

しまなみの道を渡れば驟雨止み虹たつ中を走りゆくわれ

真夏の湘南

窓外の木立に指の触るるがに軒端掠めて江の電はゆく

江の島を背にサーフィンの褐色の若き肉体波を滑りぬ

塀を越え凌霄花どこへ行く夏日に向かひその蔓伸ばす

ゆさゆさと夾竹桃の葉が揺れてそこより夏の朝風吹き来

潮浴みの浜の駐車場満車ゆゑ並ぶ車が道占領す

暑き日の泳ぐ人らは波に乗り波に隠れてふたたび見えつ

サーフボードを抱へ横切る若者は車の間を滑るがにゆく

小動《こゆるぎ》の岬は江の島引き寄せて潮満ち来ればまた離れゆく

湘南の賑はふ浜も人疎ら波低くして闇に静もる

夕暮れて人なき浜の静けさを明日へと繋ぐ寄する波の音

海青く馬の背に似る伊豆大島《おほしま》の夏の午後には靄に隠れつ

湘南の七里ヶ浜を通るとき逗子開成中の哀悼歌誦す

波の音を夜中に聞けば神秘なる交響楽の響きに似たり

湘南の賑はふ浜を幻想の津波がよぎるけふ震災忌

金環蝕

玉葱が涙を誘ふ妻をらぬ朝の厨にカレーを作る

五時に起きカレー作りに挑むわれ男の料理にレシピは持たぬ

人参を見詰めてゐれば佐渡で見し五輪塔に似るとも思ふ

馬鈴薯のでこぼこの皮あつく剝き芽のあるところは畑に返す

具の量もカレー粉の量も適当でわが性格に似る味となる

川の辺に葦の群立つ一ところ卵抱へる鴨ひそみゐし

桜咲く空を仰げばわが胸に子ら護りつつ妻は生きゐる

金環蝕明日は小雨と予報あり童のごとく坊主を吊るす

一瞬に雲の薄らぎ見るひかり千載一遇の喜びとせり

陽は写る小さき穴よりすり抜けて環ころがす地球の面に

石塀に凭れてみたり太陽の面を通る金星のかげ

検診の風

尿検査4・7との数値出て精密検査の指示を受けたり

全くの自覚の無きは恐ろしき検診うければ癌告知さる

検診で癌見つかればあたふたと深き心の闇に渦巻く

大変な病秘めたる体とは知らず昨日まで生きて来にけり

奈落へとわが魂は落ちゆくか告知の後の空洞の闇

ＣＴは何の苦労もなけれどもＭＲＩの音の不気味さ

戦場を通るがごとき日日にあり悩みはわれに付いて離れず

透き通る水の流れに梅花藻の純白の花われは愛しき

願はくば徳を積みつつ此の世での子らを看護し更に生きたし

風流な涼を求めて足柄の樹樹の間の道を歩めり

世を移る時の支度に辞世の歌残したき庭に彼岸花咲く

癌手術

進行の遅い前立腺癌と医師は言へども恐れ隠せず

入院の準備はわれと子の支度短期入所の子の手続きも

入院の支度に下着並べゐて笑顔装ひ鬱を回避す

入院の日に降る雨は人の世の愁ひ集めてわが胸覆ふ

手術後は儘にならない寝返りも痛みに負ける意気地なしわれ

わが腹は碁盤のごとく碁石あり一つはもとより臍の穴なり

手術後は痛みを堪へて生き延びし思ひかすかに足をのぼり来

西空にもの言ひたげに赭赭と朝日を浴びる冬の月あり

龍に似た雲の合ひ間を陽が沈む火の珠咥へ飛翔するがに

病室の窓はスクリーン色付きし鳶の一羽が遊びに来たり

術後良く青空清し退院は師走の辻堂湘南の風

菜花咲く秦野の丘に吹く風の丹沢颪われに優しき

黄の波の菜花の中に迷ふわれ群れ飛ぶ蝶とともに漂ふ

菜の花に風の吹き来て漂へば群れ飛ぶ蝶は波乗りをせり

古傷騒ぐ

きさらぎの寒さ堪へれど忽ちに老いの古傷あちこち騒ぐ

降る雨が雪へと変はり痛み増し弱き男の泣き面さらす

ゐさらひのひえたる夜は眠られぬ術後か老いかいづれも深き

血液の循環良くせるヘルストロン体の中に電圧巡る

人の手を借りずに死ぬるを幸せと老い人ら言ふ願ひはわれも

なかんづく頭痛肩こり不眠症効き目やいかに電位治療器

雪降れば童のごとく燥ぎをり豪雪地帯の苦を知らずして

雪道になれぬ人あり都会人転ばぬやうにわれも歩きぬ

雪の朝大判拾ふごとくしてそろりそろりと足跡歩く

雪溶けて誘はれたるか軒先に二羽の雀が遊びに来たり

泣きごとを夜夜に言ひつつ埒もなしガソリン値上げ天井知らず

庭　園

庭園の和の趣を醸し出す石はそれぞれの方位に定む

松陰の灯籠の明かり杳き日の母の待つ夕餉想ひてゐたり

築山は池の水面にゆらぎたり鯉近づきて細波のたつ

茶室へと巡る飛び石その中にゆゑは知らねど石臼のあり

二年前近江神社の水時計敷石の中に石臼ありし

やうやくに咲きたる花を春嵐一夜に散らし庭を濡らしぬ

春風に狭川流るる花筏ひとひら鯉は口に入れたり

堰下に二尺余りの鯉数多浮くはなびらにひしめきてをり

群れて咲く桜の花は艶やかに人を酔はせて惜しまれて散る

いつの日かわが死の後の寂しさに耐へて子供らいかに生きるか

わが裡を洗ふがごとく寄る波の浜に漂ふ浜千鳥のこゑ

峠の一年

富士のやま裾野の雪の融けるころ芽吹く峠に鳥の囀る

小雨降る峠の道にあぢさゐの濡れて紫紺の大き玉花

登り尽きし峠の道に笛塚の樹々吹く風は笛の音に似る

登り来て汗を拭く身をさらすごと峠の風が沁み渡るなり

万葉の歌碑のめぐりの楢くぬぎ落葉の音に哀しみのあり

恋ふ如くここに来たりて晴るる日の足柄峠に富士を仰ぎぬ

城跡に残る郭の隔たりを偲ぶは冬の深き空堀

郭には涸れることなき玉手がの池に村人雨乞ひしたり

峠から遠く俯瞰す小田原の街は相模の海を抱けり

雪積もる峠の茶屋の鳥たちは谷の一冬如何にか過ごす

老いてなほ重荷背負ひて登る坂ゆきつく道に灯りよともれ

ふるさと

ふるさとへ常磐道のさざんくわは冬の寒さに堪へて咲きゐし

湯の岳の杉生のかたち熊林と言ひたる人ら今は少なし

近頃は故郷思ふ永らへて貧しさに堪へし杳き日のわれ

貧しくも心ただしくながらへば思ふは杳きふるさとの山

ふるさとの青空清し癒されて幣は持たねどわれ生き返る

わが身体磁石のあるがごとくして何もなき故郷《さと》にまた来てゐたり

炭住も空に聳ゆるボタ山もいまなき郷に杳き日の蒼天《そら》

直進をするとき鳥か風のごと小型の単車前を横切る

発車する前に安全祈願するハンドル守る手を握りしむ

事故処理に黒き車道を巻き尺で測りて記す白墨白き

老いてなほ運転すれど体力の限界知るは老いしわれのみ

肺炎手遅れ

突然の子供の入院施設から知らせが届き心どよめく

発熱は三日前からありたれど土日重なり受診かなはず

もう少し早ければかくも重症に移行はせぬと医師に言はれつ

右肺の機能をなくしレントゲン塗り潰すごと白く写りぬ

生き延ぶる率は五分五分と医師の言ふ苦しむ息にわれの術なし

膿胸大手術す

楽しみの短歌大会ゆるされず待機をせよと医師は指示する

転院する子の手を摑み祈り聞く救急車のなかサイレンの音

緊急の手術に管から膿出でてモニターの数値良い方に向かふ

右肺の癒着に医師はもうひとつ管を入れるか迷ひゐるらし

わが体調良くなりてまた子の病めり大きい問題辛苦は絶えぬ

われも子も病にあれど明日の灯にその時どきの力惜しまず

子が病めばただうろたへる事多し亡き妻ならばと思案めぐらす

膿胸の改善なければ除去手術医師の言葉を重く聴きたり

二時間の予定時刻の倍を過ぎ不安のつのる手術終へたり

面会にゆくたび記す体調のメモに回復ひたすら祈る

少しづつ微熱はあれど良い方に向かつてゐると医師の言の葉

信濃路

信濃路に迷ひて捜す興龍寺洗馬の家家朝の灯ともす

雨けぶるひと時過ぎて塩尻のみ寺の庭に秋の陽射しぬ

山の寺にわれは見てをり花のごと深紅に染まる花水木の葉

興龍寺の庭の槙櫨はふる雨に濡れて輝き珠実艶めく

仏教にかかはる池の蓮の実を貰ひてわれも花を咲かせむ

門前に「熊に注意」の札のあり会ひたいと言ふ女性の声す

赤松の枝が大地に横たはり昼寝をしをる龍の如く見ゆ

戦中のポスター見たさに下伊那の阿智村役場尋ねてゐたり

伊那谷の阿智村役場満蒙へ人らはここから集ひてゆけり

満蒙へ希望の夢を膨らませ開拓の苦を話すひとあり

アルプスの山並迫る伊那谷は紅引くごとく色づきてをり

化学工場

体内に化学工場あるかとも思ふときありあくを消化す

小田原に住み永らへば山風の耳は遠のき手をかざし聞く

反応の過剰なるものが癌なるか薬と手術で命永らふ

老いてなほわれの胃腸は働けり七十余年休むことなし

透明のグラスに秋の酒を注ぐ音は若き日甦らしむ

苦しさも哀しい時も透明のわづかの酒に癒されてをり

われの過去グラスの酒に写したく飲めば机の木目歪みぬ

透きとほる酒の力の賢さよ摑むと思へど手から逃がるる

勝沼の葡萄の香りに誘はれて血潮のごとき赫ワイン呑む

おだやかな秋の海にて渚べの波の下にもひかる日の影

一本の酸素の瓶に詰めてある命のいづみ明日の泉

病み人へ重たい酸素瓶《ボンベ》担ぎ上げ一本は明日へ命を繋ぐ

医師の指示酸素４Ｌ流しゆく目覚めよ病み人夜勤に祈る

コルベンのあわ立ち哀し夜なれば虫の音に似て耳朶に響けり

筑波嶺

古本をめくれば遠いふるさとの風の匂ひがよみがへり来る

古本に無限の夢を探しつつ頁捲れば喜びの湧く

けふもまた恋人に逢ふ心地して痺れも忘れ古書店に佇つ

数多ある本の中でも古文書に心引かれるわれは何ゆゑ

喜びも束の間にして良く見れば節の「土」は復刻版なり

六階に節の資料の展示あり見ること飽かず二時間の過ぐ

センターに節自筆の歌あまた流れる筆跡歌意滲ませて

故郷のいわきに節の歌の碑が三つ程ありて親しみの湧く

鬼怒川の川面の水はあたたかくなりて五六羽鴨泳ぐみゆ

「土」にある鬼怒川小貝の川渡り節の生家に辿りつきたり

尋ね来し節生家の庭土は雨のあとにて乾く匂ひす

山麓の鉄路の跡の並木路どこまでつづく桜咲きつつ

満開の桜に逢ひてこころ嬉し明日の嵐の無しと思へば

筑波嶺をひとりのぼりぬここにきて吹く朝風は若葉の匂ひ

ケーブルカー三十五度の傾斜なりゆき着くところ晴るる空あり

踏みしめて岩むら登る道の辺に薄紫の堅香子の花

筑波嶺の男体山を登りきて病後のわれの勇気は湧けり

筑波嶺の頂に座す本殿の野積みの石の城を思へり

登り来しいただきに立ち俯瞰する街に四月の霞漂ふ

相呼ぶか御幸が原のほととぎす男体女体の筑波の峰に

三保の松原

相性良い友との宿の部屋の夜眠り忘れて話弾ます

点滅をしてゐる赤き灯火は駿河の海の灯台らしき

ケーブルカー日本平の霧に待つ茶切節のいしぶみありぬ

卒寿なる歌友の意気に負けまじと檜の細き杖を手にもつ

きざはしの蹴上げ高きも心地良く登れば嬉し若さが戻る

久能山なだりの道の石垣を這ふか苺の名も雅びなり

御穂神社の木道すすみ松原へ靄は遠くの海をかくせり

朝靄の名残り止めて触れる幹をみなの肌を暫し思ひぬ

羽衣の松に手拭そつと掛けここに居るぞと妻の名を呼ぶ

松原をひとりあゆみて憶ひ出を手に拾ふさくら色の貝殻

啼き砂の浜はいづこか哀しみを踏めば小さき音胸に沁む

羽衣の松の古木の幹太くくねる姿に女形を見たり

老い徒然に

木枯らしの心に沁みる師走かな凪げば温き日わが背に注ぐ

日を重ね心に荒む哀しみはふとした時に見え隠れする

赤き手に雪のごとくに塩つかみ桶に白菜をつける冷たさ

今といふ時ある限り今日の歌詠まねばならぬわがすすむ道

空翔る奇しき翼をもてるごと世の柵を捨てて生きたし

肩を寄せ冷たき風に堪へて生くわれの心を追ひ詰めくれるな

登攀の荊のごとき道見えて尽きればあるや紅梅の里

妻見舞ひ日毎通ひし半年の逝きて五年過ぐ杳きまぼろし

残されし子らとの生活《たつき》詠む歌の心の闇は自づからあり

嘆けども今の生活は変はるまじ朝な夕なに思ひ煩ふ

夏の日の凌霄花しげりつつ頼るものなし縋るものなし

三回忌

半年間意識失くしし妻思ひ日日に通ひし日の甦る

こころある人の話は其其に言葉違へど勇気となりたり

妻逝きて係争二年過ぎたれど一向に進まずこころは焦る

亡き妻の墓にぬかづく老いひとり弱きこころに夏の風燃ゆ

係争の長き二年を持ち堪ふ崩れるこころ奮ひ立たせて

流れ星願ふまもなく消えたればわが身を悔やむ願ひごと一つ

群れて咲く夾竹桃の明るさに毒ある花と思ひもつかず

曼珠沙華早くも咲きて赤あかと妻の墓前に続きてゐたり

係争し二年を過ぎて漸くに相手の弁護士和解伝へ来

和解とは死人に口なし意志もなき妻の命の値が決められし

わが妻の命の値段保険金これが限度と示されてをり

暑き日の墓に来たりて係争の決着つくと妻に告げたり

迷へども妻の死因を明かす義務生きゐる者の使命と思ふ

茫茫として頼りなきわれの裡老いの心を奮ひたたせつ

みをつくしわれの心の萎えしとき真の動かぬ北斗を見つむ

呼び出され障害の子を連れてゆく裁判官に鑑定受けたり

妻の霊ただよひたるか雨けぶるみ墓の石の片側濡らす

降る雨の音に快きリズムありある時はこゑに似るとも思ふ

梅干を筵に干せる道をゆき切なし妻の姿偲びて

鏡台の小擡開ければ妻の香が漂ひきたりけふ三回忌

落花春愁

八方に枝を伸ばして咲くさくら千手観音とわれは思へり

老木の幹の樹皮から直に咲く桜に漲る力を見たり

亡き妻と最後の旅行は花見なり散る花弁に美しさあり

花弁のハートの形は婚礼の二人の幸せ祝ぐ八重桜

八重桜摘みし農夫と話しこみ花の種類のおほきを知りぬ

桜花に日日の心のささくれを滑らかにする力ひそみつ

こゑをかけ八重の桜を摘む夫婦梯子かけ心込めて摘みゆく

摘みたりし花は塩漬け祝ぎ場所に桜湯となり人を和ます

空の雲映す川面にとびきたる桜の淡き花二三片

喜びと艶を与へてたちまちに散りゆく花にわれは感謝す

重苦しく桜はなびら散る川辺菜の花の黄が眼に沁むるなり

颱風

空が吼えわれに向かつて牙を出し悪魔となりて家を揺さぶる

みしみしと家が揺るれば倒るかと部屋の柱のどこを押さへむ

六月の四号颱風あれに荒れ植木倒して鉢を毀しぬ

颱風は傍若無人に暴れをりわれは荒れたきこと何もなし

めづらしき佐渡の古刹の松の葉は心にかかる長き針の葉

三葉の松の葉長くくしけづる乙女の髪のごとく艶あり

奥山の姫の小松は人知れず山家育ちも歳頃なりしか

ひとりゆく林の道は落葉松の枯葉ちりしくかすかなる音

湘南の防風林の松並木風に踊るや幹くねらせて
燃えさかるどんどにまゆだま餅翳し無病息災われは願ひぬ
深き哀しみ

もの言へぬ子に告知あり「また病めば覚悟決めよ」に震へ戦く

治療拒否するかと思へど子は笑顔体質改善の効果を願ふ

遠き街へ四時間かけて峠越え子は嫌がらず治療に励む

治療器に乗れば忽ち気持ち良く子はすやすやとひと時眠る

治療からひと月を過ぎ少しづつ食進む子にわれは安らぐ

椅子に座し倒され意識ない時もわが子は哀れものを言はざり

紫に顔面腫れて意識なく医師の受診はなかりしと聞く

些細でも連絡するを頼みしが命に関る事故知らされず

記録観てゆけば改竄の記載あり背筋は凍る園の体質

黄昏を思ふ暇なし子のために命を燃やすわれは親なれば

人憎み遺恨を持たず子のために生きむと思ふ無事故祈りて

過ちを赦す勇気は辛けれど日日の安全を願ふのみなる

謝罪あれど残れる傷を如何にせむ赦せど何故か気は蟠る

還り来ぬ悩みは尽きぬ子の傷を撫づれば顔に笑みの浮かび来

夜夜に顕つ妻

妻逝きし年から柿の実のつかず今年漸く珠実を結ぶ

十月の寒き下旬に色づける柿を齧れば甘みひろごる

柿の名は次郎柿とぞ吾子に似て平たい顔に赤味さしたり

四つばかり赤らむ柿を枝ながら妻の写真に供へまつりぬ

柿の実の採り終へたれば草の上に落葉動きて日の夕づきぬ

もの言はぬ子に残る傷の胸痛し整理は付かず愚痴になりゆく

病癒え子供の顔に笑みのあり悔しさ忘れ明日に生きたし

身の内の衰へ知れど意気だけは強く心に持ち生きゆかむ

疲れをり嵐のごとく枕辺に子の傷詰る夜夜に顕つ妻

もの言へぬ四十路の吾子に頬擦られ哀れ募れば愛しさの湧く

退職し少しは余暇がある筈と思へども日日家事に追はれつ

木曾路にて

中山道　いしみちたどり　そぞろゆく　妻籠馬籠の　木曾谷の　名こそゆかしき　妻偲ぶ　回る水車は　輪廻なり　飛び散る水は　日に映えて　七色をなす　ひとときに　老いの愁ひを　思ひつつ　ふりさけ見れば　青杉の　しげれる山に　雲ひとつ　われの目に見ゆ　黒髪の　みどりの艶

は　幻の　ごとく見ゆれど　罷りたり　結ばれし糸　切る
ごとく　わが手を離れ　ゆきてかへらじ

反歌

いにしへを偲べば水車石畳み妻籠馬籠の妻恋の旅

石狩湾

きたぐにの　雪が融け初む　春の日の　石狩湾に　群来《くき》白く　海のにごれば　海猫《ごめ》が鳴く　赤き筒袖《つっぽ》の　やん衆の　交はすなまりも　勇み立ち　濱は大漁の　人だかり　日の照る朝は　青潮の　曇る夕べは　灯を点す　老いも若きも　笑み溢れ　火を焚く人も　うきうきと　鰊番屋の　賑は

ひは　遠き昔と　なりにけり　語部の顔　皺深く　吸ひ込
まれ聴く　夜の畳に

反歌

蝦夷の旅語部の皺深くして老い人の顔われは忘れじ

あとがき

一冊目の歌集『斑の道』は、支え合って生きて来た病弱の妻への感謝の気持ちを生きているうちに贈りたいと思い出版しました。爾来今日まで欠詠すること無く「鮒」誌に載せて戴き、向上したかは別として、折折の自分の身の周りの事などを詠い続けて来ました。

歌集名を『風の道』にしました。妻が病弱の為、重度の障害をもつ次男太《たけし》を止むを得ず施設にあずける事になり、その後、太の癌が見つかり、早期発見で手術し一命を取り止めました。妻は、誤診にともなう薬害がもとで半年間意識不明のまま、子供を残して帰らぬ人となりました。

子供を一生懸命に介護しているなか、私自身も癌になり手術の結果、恢復して子供らの為にと生き延びています。

言葉も喋れず、自分の訴えも出来ない太を入所時から、月に一、二度の外泊時、風呂に入れる時、体中の傷におどろきました。同じ利用者に噛まれたと言う、歯の痕が付いて居て心を痛め不憫に思いました。帰園時毎「太に合った寮に移動をして戴けませんか」と職員にお願いするも、太を可愛がって呉れている園生の事を出して「太さんはMさんとペアだから」と聞く耳を持って貰えませんでした。

その為「どんな些細な事でも何か有ったら連絡をして下さい。直ぐに飛んで来ますから」と、言っていたが、平成二十五年四月十五日、支払いと契約に園を訪れ太の顔を観ると、顔全体が毬の様に腫れて、黒紫に成って居る為「如何したのですか」と職員に尋ねると「一昨日Iさんが投げた椅子が顔面を直撃したのです」と言う。「そして、どうしたのですか」と伺うと「様子を観て下さいと言われて居ます」とのこと。地続きの同じ番地で歩いても病院の受付まで一分も掛からない所だから、医者に診せ医師の指示だと思って居たが医者にも診せず親にも連絡がなく、たまたま私が園に行き、太の顔を直に観たから知り得たのでした。

そして、その、ひと月後のことです。近隣の医者から「肺炎になり易い体質なので、熱が出たら直ぐに病院を受診するように」と、再三、言われているにも関わらず、月曜日の午後三時過ぎに、珍しく園から電話が有りました。「あの、太さんが金曜日の夕方から三十八度から、三十九度の熱が出たのですが土、日が重なって職員の人手が無かったので肺炎が手遅れになり、今、循《じゅん》病院に入院しました」と連絡が有りました。後日、記録を観ると（金曜日の昼食が進まないので熱を測ったら三十八度二分の熱が有ったと、記載あり）、「再三再四、何か有ったら直ぐに連絡を下さいとあれ程言って居たでは無いですか。何故連絡をしないのですか？　私が看護師なのは、職員の皆が、知って居るでしょう。人手が無いなら幾らでも私が救急車に同乗出来たのです」と言ったが、生死を分ける膿胸となり、肋骨一本を除去する大手術になった。

入院して、食欲も無く痩せて来た太の顔を観ると鼻の骨が突出しているのに気付いた為、椅子を投げられた日を確認する為、園に行くと、事務長が「間違いでは無いですか？　そんな話は聞いた事も無いし、その様な事が有ったら保険の手続きの関係から事故報告書を提出し事務所で保管する事に成って居るのですが未だ嘗て観た事も無いですよ」と言う為、支援記録を観れば判ると思いますのでと、観て行くと、椅子を投げられ当ったとの記録は無く、倒されて頭を強打し意識不明に成った等の命を落とす様な傷害事件が五回程有ったにも関わらず、すべて、医者にも診せず、親にも知らせてくれなかった。

後日、退院してから、再度記録をみると、驚愕！　驚いてしまった。平然と記録の捏造が数か所に有った事が判った。

この様な事などから、最善の努力はして生きてはいるが、次から次へと難題が、わが家族に吹き掛かって来て、踠いても踠けども、逆らう事の出来ない運命なのだと悟り、その折々に心を癒される歌に縋って、子供を介護しながら笑顔を絶やさず二人の子供とともに、命の限り精一杯の歌を詠んで、生き続けて行く覚悟で日々を送っているのです。そう思うと、目に見えない色や形の無い風に吹かれるが儘に風の道を行くほか、術がないのだと思い、いつしか「風の道」と言う歌が多い事に気付き、第一歌集が『斑の道』なので「風の道」という言葉を選んでこの歌集名になりました。

島崎先生には、「鮒」短歌会に入会以来、何も解らない私を優しく解りやすくご指導下さいました。暗い歌になりがちですが明るい歌を作って行きたいと考えています。小田原の自宅から東京歌会と浦和歌会に通って勉強に励んでいます。

『風の道』は、第一歌集を出版のあと平成二十六年迄の五年余の作品千余首の中から、五百四十三首と長歌・反歌、二組を島崎先生から選歌して戴きました。

夏期大会や月々の勉強会では関場瞳さんや中原兼彦さん、根岸雅子さんにお世話になり私の心をリフレッシュさせて戴き、楽しいひと時を過ごさせて戴いております。

校正は、根岸雅子さん甲野順子さんにお願いしました。

最後になりましたが、出版に当たり造本その他お心くばりのうえ美しく読みやすい歌集に仕上げて下さった現代短歌社の道具武志社長、今泉洋子様に大変お世話になり有り難うございました。併せて厚く御礼申し上げます。

平成二十八年七月吉日

橋本廣秋

著者略歴

橋本廣秋

昭和16年10月５日　福島県いわき市に生まれる。
昭和53年　37歳で看護師を目指し42歳で国家資格を取り70歳まで看護師として働く。
「鮒」同人
歌集『斑の道』

歌集 風の道　　鮒叢書第96篇

平成28年10月５日　発行

著 者　橋 本 廣 秋
〒250-0875 神奈川県小田原市南鴨宮3-52-6
発行人　道 具 武 志
印 刷　㈱キャップス
発行所　**現代短歌社**

〒113-0033 東京都文京区本郷1-35-26
振替口座　00160-5-290969
電　　話　03(5804)7100

定価2500円(本体2315円＋税)
ISBN978-4-86534-184-3 C0092 ¥2315E